Un duende a rayas

Finalista del premio El Barco de Vapor 1981

María Puncel

Premio Lazarillo 1971

 ediciones s|m Joaquín Turina 39   28044 Madrid

Primera edición: junio 1982
Vigesimoséptima edición: septiembre 2000

Dirección editorial: María Jesús Gil Iglesias
Colección dirigida por Marinella Terzi
Ilustraciones: Margarita Puncel

© María Puncel, 1982
© Ediciones SM
   Joaquín Turina, 39 - 28044 Madrid

Comercializa: CESMA, SA - Aguacate, 43 - 28044 Madrid

ISBN: 84-348-1017-4
Depósito legal: M-34640-2000
Preimpresión: Grafilia, SL
Impreso en España/*Printed in Spain*
Orymu, SA - Ruiz de Alda, 1 - Pinto (Madrid)

Un Duende a Rayas

1

ODO EL MUNDO sabe que hay duendes, y todo el mundo ha oído hablar seguramente, alguna vez, de un Duende Amarillo, de un Duende Verde o de un Duende Rojo. Son bastantes las personas que aseguran que en cierta ocasión vieron, o creyeron ver, a alguno de estos duendes.

Lo que ya es más difícil de encontrar es un duende de dos colores. Y todos sabemos que no hay duendes a rayas.

Bueno, pues ésta es, precisamente, la historia de un duende a rayas.

Era un duende como todos los demás duendes: pequeño de estatura, más bien gordito, ágil e inquieto, curioso y preguntón, tierno y arisco, descarado y goloso... En fin, un duende como cualquier otro; excepto, claro está, que no se vestía de un solo color, ni siquiera de dos, sino de muchos y a rayas. Y, naturalmente, su nombre era Rayas.

Y Rayas, como todos los duendes, disfrutaba haciendo disparates e inventando mil fechorías para complicarles la vida a los demás. Y no es que Rayas tuviera mala idea o fuera un ser perverso, no. Es que, como todos los duendes, necesitaba hacer picardías para llamar la atención y recordar continuamente a las gentes que los duendes existen.

Le encantaba imitar al Duende Rojo que cambiaba los huevos del nidal de la gallina al de la pata, y al revés. Luego, se divertía enormemente cuando mamá pata se avergonzaba al ver que sus patitos no querían ni acercarse al agua, o cuando mamá gallina se horrorizaba al ver a sus pollitos lanzarse decididamente de cabeza al estanque.

Lo pasaba en grande jugando, como el Duende Gris, a formar remolinos de polvo en los días de calor y de tormenta, para meter chinitas de arena en los ojos de las personas y hacerlas llorar y cegarlas durante un buen rato.

Y pasaba tardes enteras ocupado en copiar al Duende Verde que hacía crecer malas hierbas en los surcos de las huertas y en los planteles de los jardines y, especialmente, en los canalones del alero de los tejados. Así, en los días de lluvia, el agua se atascaba y no corría por el desagüe, y en la casa había goteras.

¡Cómo disfrutaba Rayas!

Claro que también le divertía mucho fastidiar como lo hacía el Duende Morado. Y se colaba las tardes de los domingos en la habitación de cualquier niño que estuviera solo para hacerle pensar que todos los demás niños se estaban divirtiendo muchísimo, mientras él estaba solo y triste. Y no le dejaba caer en la cuenta, hasta después de mucho rato, de que uno que está triste porque está solo y se aburre, debe salir en busca de otro que también esté triste, solo y aburrido, para empezar a divertirse los dos juntos.

Y le parecía estupendo copiar al Duende Negro. Y despertaba a las gentes a media noche para que pudiesen escuchar el crujido de las maderas de los viejos muebles, el rechinar de las puertas mal cerradas y el ulular del viento en la chimenea. Y luego se sentaba en su almohada, sin que ellos se dieran cuenta, y les ayudaba a inventar historias de terror.

¡Ah! Y cuando Rayas se regocija-

ba verdaderamente en grande era cuando podía jugar a que era un duende de dos colores. Amarillo-Lila, por ejemplo. ¡Eso sí que era formidable! Los duendes de dos colores saben como ningún otro hacer que las cosas se pierdan.

—¿Pero dónde están mis tijeras? ¡Si las tenía ahora mismo aquí, encima de la mesa! —decía la Abuelita. Y se volvía loca dando vueltas por la habitación sin encontrarlas. Y, cuando la pobre señora estaba ya casi desesperada de tanto buscar las tijeras, ¡zas!, Rayas las colocaba con todo cuidado junto a Carlitos, que estaba tranquilamente sentado en la alfombra jugando con sus cromos.

—¡Te he dicho mil veces que no me quites las tijeras! —gritaba indignada la Abuelita—. ¡Eres un niño insoportable! Me estás viendo buscar y buscar las tijeras y dar vueltas y más vueltas por la habitación sin encontrarlas y no me dices que las tienes tú...

—Pero, si yo... —empezaba a decir Carlitos.

Y la Abuelita se enfadaba mucho más todavía:

—¡No me repliques...! En cuanto llegue tu padre le voy a contar las cosas que me haces y lo mal que te portas conmigo.

Y Rayas se reía hasta tener que agarrarse la barriga que le dolía de tantas carcajadas y tener que secarse los ojos que le lloraban de pura risa.

Y ocurrió un día, que Rayas estaba sentado a la puerta de su casa comiéndose tranquilamente unas tortas de miel que acababa de sacar del horno y que estaban riquísimas. Y, de repente, no se sabe muy bien por qué, se le ocurrió mirar al calendario.

Y se quedó con la boca abierta,

una torta en la mano a medio camino entre el plato y la boca y una cara de sorpresa tal que la urraca, que pasaba por allí en un vuelo de placer, se le quedó mirando asombrada. Tan embobada se le quedó mirando, que se le olvidó batir las alas y, naturalmente, se cayó al suelo de golpe, y se dio un porrazo que la tuvo fastidiada del ala izquierda durante varios días.

El estrépito de la caída de la urraca sacó a Rayas de su ensimismamiento frente al calendario. Bueno, no fue solamente el ruido de la caída; también contribuyó bastante el bordoneo de varias abejas, que se estaban congregando para servirse la miel que goteaba de la media torta que Rayas mantenía en la mano, y que le estaba poniendo perdido el zapato derecho.

El caso es que Rayas recuperó la movilidad y lo primero que hizo fue darse un buen guantazo en la frente:

—¡Zapatetas! ¡Si el miércoles que viene es mi cumpleaños!

Luego, se recostó de nuevo en la silla y siguió comiendo tortas de miel; pero ya no con la misma tranquilidad de antes, claro. Ahora tenía por dentro el remusguillo emocionante del que tiene que preocuparse de los preparativos de una gran fiesta.

Y el remusguillo de inquietud le duró bastante más que las tortas de miel. Le duró tanto que todavía le cosquilleaba en el estómago cuando se fue a la cama.

Y la cosa no era para menos. Rayas iba a cumplir setenta años ¡setenta añazos! Y ésta, que es una edad importante para cualquiera, lo es mucho más para un duende.

Rayas puso la cabeza sobre la almohada. Una cabeza llena de proyectos maravillosos: bocadillos de varias clases, bollos rellenos de crema, tortitas de miel, chocolate, naranjada, licor de moras, lista de invitados, servilletas de colorines, tarta con velas... Y, de repente, se quedó dormido.

2

 LA MAÑANA siguiente se levantó muy temprano y muy contento. Preparar una fiesta de cumpleaños es siempre una cosa muy divertida y muy emocionante. Así que se lavoteó con entusiasmo, se puso su ropa de trabajo, desayunó su buen tazón de chocolate con pan tostado y mantequilla y se bajó a trabajar a la huerta.

Regó, cavó y abonó lo que había que regar, cavar y abonar. Pasó revista a su plantación de coles y encontró tres hermosas orugas verdes en las hojas de los repollos. Las

19

orugas estaban gordas y relucientes y mordían con verdadero entusiasmo las crujientes hojas. Rayas las tomó con todo cuidado y se las puso en la palma de la mano:

—Yo comprendo que las hojas de mis repollos os gustan muchísimo. A mí también, por eso los he plantado en mi huerta. Y no estoy dispuesto a permitir que nadie se los zampe. Así que os voy a dejar a la orilla del arroyo y allí podréis comer cualquier hierba que os apetezca.

Y como lo dijo, lo hizo. Las orugas no parecieron muy entusiasmadas con el cambio de comedero, pero no dijeron nada. Ya se sabe que son unos animalillos más bien discretos y silenciosos.

Rayas volvió a su trabajo.

Inspeccionó las colmenas de las que extraía la miel para sus tortas. Todo estaba en orden: la reina ponía huevos, las obreras trabajaban y los zánganos haraganeaban.

Paseó entre los frutales, enderezó el espantapájaros y le colgó dos cintajos más de los brazos. En los últimos días habían aparecido unos grajos especialmente atrevidos que se estaban acercando demasiado a los cerezos.

Después guardó sus herramientas. Fue a casa para lavarse las manos y cambiarse de sombrero y salió a la calle. Tenía que ganar un poco de dinero para sus compras de la fiesta de cumpleaños.

Estuvo un rato trabajando con el Duende Azul, el zapatero. Cortó suelas, clavó tacones y ordenó el estante de los materiales. A cambio de su trabajo recibió dos monedas.

Luego, fue a casa de la Duenda Turquesa. Allí sacudió alfombras, limpió cristales y abrillantó los bronces de las puertas. Ganó tres monedas.

Más tarde, fue a casa del abuelo

Añil. Acarreó leña, barrió el jardín, bañó al perro y fue a la compra. En pago recibió cinco monedas.

Volvió a casa rendido, pero feliz.

Las monedas le cantaban en el bolsillo y el corazón le tintineaba dentro del pecho. ¡Qué fiesta de cumpleaños iba a organizar!

Cenó una ensalada con huevos duros; dos manzanas y un vaso de leche. Y casi no se enteró de a qué sabía cada cosa: ¡estaba tan ocupado pensando en los preparativos...! Tendría que haber bocadillos de, al menos, cinco rellenos distintos. Bollos de cuatro clases, tortitas de tres colores. Una tarta de siete pisos y siete gustos. Bebidas muy dulces, menos dulces, dulces solamente, y amargas; porque no a todo el mundo le gustan los mismos sabores. Mantel calado, velas, adornos, flores... ¡ah!, y tarjetas rojas para las invitaciones.

Y ésta fue la segunda noche que Rayas se fue a dormir con la cabeza llena de cosas maravillosas.

Y hubo una tercera noche y una cuarta noche...

¡Y amaneció el gran día!

Rayas pasó la mañana atareadísimo preparándolo todo. La casa resplandecía, el jardín resplandecía, la mesa resplandecía y Rayas resplandecía. Ya sé que a primera vista puede parecer que es mucho resplandor, pero es que era exactamente así y no se puede describir de otra manera.

La fiesta resultó espléndida. Rayas estaba guapísimo con su traje nuevo y todos los invitados le trajeron regalos fantásticos. Algunos no sabía ni para qué servían y por eso le parecieron todavía más fantásticos, naturalmente.

La tía Púrpura ayudó a servir la merienda y todo el mundo opinó que las cosas estaban tan deliciosas que nada hubiera podido estar mejor.

Y en el momento de los brindis, los invitados dijeron frases preciosas:

—¡Que vivas setecientos años!

—¡Y que nos invites entonces a otra fiesta tan estupenda como ésta!

—¡Y que...!

—Bueno, creo que ha llegado el momento de que alguien te hable con sentido común —dijo tía Púrpura interrumpiendo los brindis y las risas.

Todos los invitados se callaron de repente. ¡Sentido común en una fiesta de cumpleaños! ¡Eso solamente se le podía ocurrir a tía Púrpura!

—Muchacho, setenta años es una edad muy seria. Se supone que al alcanzar estos años has llegado a la edad de la razón y empiezas a ser una persona responsable. Desde ahora en adelante ya no te puedes consentir ciertas niñerías que hasta ahora han podido tener gracia porque eras un chiquillo... Eso de vestirte de colores, por ejemplo. Ya sé que no lo elegiste tú; que eso fue algo que te enseñó tu abuela Arco Iris que, por otra parte, era una excelente duenda, pero que tenía un carácter muy especial y algunas ocurrencias un tanto extravagantes. Y al decidirte por un color determinado deberás, naturalmente, limitarte a una única actividad duendil. Todos esperamos que no vuelvas a repetir eso de actuar ahora como un Duende Verde y dentro de un rato como un Duende Gris... Esto es algo que debe terminar ahora mismo.

Rayas estaba tan asombrado de lo que estaba oyendo, que se le olvidó respirar. Y, de repente, sintió que se ahogaba y tuvo que tomar aire con todas sus fuerzas. Dio un gran suspiro y se le llenaron los ojos de lágrimas.

Miró a su alrededor para estudiar los gestos de sus invitados y le pareció que todos le miraban desacostumbradamente serios y que todos estaban muy de acuerdo con lo que acababa de decirle tía Púrpura.

Rayas volvió a suspirar hondo y parpadeó muy deprisa para que se le secasen las lágrimas.

«¡No les gusto, no les gusto!», pensó.

El abuelo Añil vino a ponerle una mano sobre el hombro:

—Deberías hacer un viaje, muchacho. No hay nada como vivir en otros ambientes, oír otras opiniones y compararse con otras gentes para llegar a conocerse uno mismo. Si yo fuera tú, me iría por ahí a ver mundo...

«¡Quieren que me vaya!», pensó Rayas.

Rayas sintió frío de repente. Era como si se hubiera tragado un pedazote enorme de helado y lo tuviera allí, sobre el estómago.

Luego lo pensó mejor y se asombró mucho de lo que había oído. Y cuando volvió a pensarlo se asustó bastante: ¡dejar su casa, sus amigos! ¡Irse solo por el mundo...!

Los invitados seguían mirándole cariñosamente serios.

Rayas lo pensó mejor todavía y empezó a encontrarle gusto a la idea: salir de la rutina diaria, ver cosas nuevas, gentes distintas; podría curiosear, aprender, preguntar...

—Me iré; viajaré para conocerme mejor. En cuanto termine la fiesta haré el equipaje —decidió.

Y la fiesta acabó muy pronto, porque se habían terminado los bocadillos, los bollos, las tortitas, el chocolate, la naranjada, la tarta y la cerveza. También se habían terminado los temas de conversación, porque la gente había charlado sin parar desde que llegó y ahora ya nadie era capaz de pensar en otra cosa que no fuera el viaje de Rayas.

En cuanto el último invitado se hubo despedido, Rayas subió a su cuarto y preparó su zurrón de viaje: calcetines, camisas, un jersey, un lápiz de dos colores y un cuaderno de apuntar cosas, galletas saladas, tortas dulces y una botella de limonada.

Preparó su traje de viajar y su capa con capucha. Y, tan pronto como todo estuvo dispuesto, se sentó en su sillón para pensar con toda comodidad en si se habría olvidado de meter en el zurrón algo verdaderamente importante. En seguida cerró los ojos para reflexionar mejor, y... se quedó dormido.

En cuanto se despertó, después de una buena siesta, emprendió el camino.

3

L CABO de un rato de marcha, llegó a un bosque de árboles enormes.

—¿Qué sois?

—Somos abetos.

—Yo me llamo Rayas y soy un duende.

—Eres un duende muy pequeño.

—Sí, soy un duende muy pequeño.

Rayas sacó su cuaderno de apuntar cosas y se sentó en el suelo. Escribió lo que acababa de aprender para que no se le olvidara. Y, al terminar, vio allí, junto a él, tres hormigas que acarreaban un granito de avena.

—¡Eh, cuidado! ¡No te muevas, que puedes aplastarnos!

—Perdón, no os había visto, ¡sois tan pequeñas!

—¡No somos pequeñas, somos hormigas! Lo que ocurre es que tú eres un gigantón...

—Sí, claro, lo siento —se disculpó Rayas, y escribió otro poco en su cuaderno.

Luego siguió andando y llegó a un río. Era muy ancho y no había un puente para cruzarlo; así que se detuvo un rato junto a la corriente pensando cómo se las iba a ingeniar para pasar al otro lado. El río le habló:

—Yo no me detengo nunca. ¿No te da vergüenza estar ahí parado tanto rato sin hacer nada? Me pareces un perezoso.

—Pues... es que estaba pensando —explicó Rayas, y para hacer algo, sacó su cuaderno y apuntó.

Después se puso a recorrer el curso del río corriente arriba. No encontró un puente, así que empezó a remover piedras bien grandes y las echó en el río, una tras otra, hasta que construyó un paso. Estaba sudando y jadeaba cuando terminó.

—Eres muy trabajador —comentó una grulla que estaba metida en el agua y se sostenía con una sola pata, mientras se tragaba todas las ranas que se ponían a su alcance.

Rayas escuchó a la grulla con mucha atención y tomó buena nota de lo que le había dicho.

Cruzó la corriente del río y anduvo por el senderillo que ascendía por la ladera de una colina.

—¿A dónde vas tan deprisa? —le preguntó una voz.

—¿Quién eres?

—Soy un caracol.

—Yo soy Rayas, un duende.

—Eres un duende muy veloz.

—¡Caramba, no lo sabía!

—Te lo digo yo que soy un viejo caracol sabio.

—Muchas gracias.

Rayas siguió andando a buen paso hasta que llegó a la cima de la colina. Un relámpago negro cruzó por su lado. El milano se había lanzado en picado para atrapar un conejo.

—¿Quién eres? —preguntó el milano a punto de remontarse a los aires con el conejo entre las garras.

—Soy Rayas, el duende.

—Eres la criatura más lenta que he visto en mi vida. Te he estado observando desde allá arriba. Has tardado cien eternidades en trepar hasta aquí. Hubiera podido atraparte mil veces, si hubiera querido, pero no sé si eres comestible. Nunca he probado duendes.

—Pues yo... yo creo que no... no debo de ser muy... muy bueno para milanos, la... la verdad —tartamudeó Rayas, y se apresuró a refugiarse entre los matorrales más próximos.

Estaba cansado después de la ascensión a la colina y había terminado de dejarle sin aliento el susto que el milano acababa de darle. Así que se sentó en el suelo y se recostó contra un matorral de retama. La retama cedió y Rayas se cayó de espaldas.

—¡Eres muy pesado! —se quejó la retama.

Cobijado en el matorral de retama estaba durmiendo la siesta un erizo. Rayas se pinchó en la espalda con sus púas, dio un respingo y salió disparado hacia adelante.

El erizo se maravilló:

—¡Cáscaras! ¡Qué ligero eres!

Rayas se acarició la parte dañada y fue a sentarse un poco más allá, sobre un lugar tapizado de suave musgo. Estaba serio y pensativo, que es como generalmente está casi todo aquel que se acaba de sentar sobre un erizo y que sabe, además, que ha hecho bastante el ridículo delante de testigos.

—Es un duende muy aburrido —criticaron dos abubillas en lo alto de una rama.

Rayas se sintió ofendido por el comentario; así que agarró una nuez que había en el suelo y se la tiró a las abubillas. Como estaba muy enfadado y había tirado sin casi fijarse, le falló la puntería. La nuez no dio a las abubillas, sino que rebotó en la rama en que estaban posadas. Las aves escaparon dando aletazos indignados. La nuez, después de chocar contra la rama, volvió de rebote hacia Rayas y le pegó un buen golpe en la frente.

—¡Eres muy divertido! ¡Qué bien lo has hecho! ¡¡¡Hazlo otra vez, por favor!!! —aclamaron las ardillas que correteaban por las ramas del árbol.

Rayas sintió que la vergüenza y la rabia se le subían a la cabeza: le ardían las mejillas y le parecía sentir que le chisporroteaban las puntas de las orejas. Miró con ojos de fuego a las ardillas, pero las vio danzar en tales cabriolas locas y hacerle gestos tan disparatadamente divertidos que, a pesar de lo que le dolía la frente y de lo que le escocía el amor propio, acabó riéndose con ellas.

Luego sacó su cuaderno y apuntó.

Y, antes de que le hubiera dado tiempo a guardar el lápiz, una culebra asomó la cabeza entre dos piedras:

—¡Essstásss gordísssimo...! —silbó.

—Sí, sí... tienes razón —se apresuró a contestar Rayas, que sabía que con ciertas gentes es mejor no entrar en tratos y mantenerse siempre a una prudente distancia.

Y se marchó a través del prado.

Las vacas le vieron pasar cerca de ellas, y sin dejar de masticar hierba, hablaron entre ellas:

—¡Qué pobre ser más flacucho! ¿No es cierto que nos abochornaría tener en la familia alguien con ese aspecto?

Rayas empezaba a estar bastante confundido.

Se tumbó sobre la hierba del prado para pensar con tranquilidad.

—¡Eres cortísimo! —le comunicó una cuerda que estaba extendida a su lado.

—¡Qué largo eres! —exclamó al cabo de un rato la mariquita que había recorrido su cuerpo desde los pies hasta la frente.

Un enorme ciervo vino hasta Rayas y apoyó sus cuernos sobre la tripa del duende para saludarle.

—¡Eres muy blandito! —se burló.

Rayas se incorporó para mirar al ciervo de frente y una racha de aire arrastró a una mariposa contra su cabeza.

—¡Eres durísimo! ¡Creo que me he roto en pedazos al chocar contra ti! —se fue gimoteando la mariposa.

Rayas se volvió para buscar el zurrón y sacar otra vez su cuaderno de apuntar cosas. Y no encontró el zurrón porque el ciervo se lo había llevado enganchado en la cornamenta.

—¡Ciervo, eh, ciervo...! ¡Espérame, que te has llevado mi zurrón!

Rayas echó a correr detrás del ciervo, pero el animal era mucho más veloz.

—Conque te atreves a hacer una carrera conmigo, ¿eh...? —bromeó el ciervo.

Y empezó a correr de verdad. Parecía que no tocaba el suelo con las patas. Avanzaba a tal velocidad que semejaba una mancha pardo-dorada que volase dando elegantes saltos sobre las piedras, los arroyos y los troncos caídos en el suelo...

Rayas intentó alcanzarle, pero en cuanto trató de saltar la primera piedra tropezó y se cayó de bruces...

Y se encontró tirado en el suelo sobre la hojarasca, sangrando por la nariz y completamente enfurecido.

Dio dos puñetazos contra un montoncito de tierra que se alzaba a su lado y que resultó ser el pasadizo subterráneo de la morada de un topo.

—¡Es una fiera rabiosa! —dijo el topo, aterrorizado. Y se mudó con toda su familia a una galería excavada un poco más lejos y a mayor profundidad.

Rayas sacó su pañuelo para limpiarse la nariz y, al hacerlo, saltaron fuera de su bolsillo unas cuantas palomitas de maíz que se le habían quedado allí olvidadas la tarde anterior.

Dos cuervos voraces pasaron en vuelo rasante y las atraparon.

—¡Qué tipo más encantador! —comentaron antes de remontarse a la altura de las nubes.

Rayas quiso apuntar en su cuaderno lo que acababa de oír y no pudo.

El cuaderno estaba en el zurrón que se había llevado el ciervo.

Así que se quedó sentado donde estaba y procuró apaciguar su ánimo. Se puso a observar el lugar en que se encontraba.

Un poco más allá empezaba el bosque a ser muy espeso, y desde allí le llegaban unos bramidos bastante apremiantes.

—Está visto que nadie va a venir a echarme una mano para recuperar mi zurrón. Tendré que arreglármelas yo solo; pero antes creo que voy a ir a ver qué le ocurre a ése que grita tanto. A lo mejor es alguien que necesita ayuda.

Y se levantó y se encaminó hacia lo más espeso del bosque.

Encontró al ciervo atrapado y bramando con todas sus fuerzas.

La correa del zurrón se había enredado en las ramas bajas de un arce y por más que el animal cabeceaba y forcejeaba no conseguía liberarse. La correa era resistente y la rama muy gruesa.

—Así que tú solito te has amarrado, ¿eh? —se burló ahora Rayas.

—Ayúdame a desengancharme —pidió el ciervo.

—Aguarda un ratito. Antes tengo que hacer algo importante —le contestó Rayas.

Y se encaramó en las ramas del arce para rebuscar en su zurrón y sacar su cuaderno de tomar notas y su lápiz. Luego se acomodó sobre el árbol con la espalda bien apoyada en el tronco y se puso a escribir.

—¡Eres un tipo cruel! —bramaba el ciervo allá abajo.

Y Rayas seguía escribiendo en su

cuaderno sin hacerle ni pizca de caso, aunque el ciervo embestía y pateaba con tanta fuerza que retemblaban las ramas del árbol. A Rayas le estaban saliendo las letras completamente torcidas.

Una palomita que estaba aprendiendo a dar los primeros saltos de rama en rama, perdió el equilibrio y se fue al suelo. No le pasó gran cosa porque las palomas son animales fuertes y resistentes, pero se quedó bastante mareada por el golpe.

Rayas se apresuró a saltar al suelo y colocó al pobre pichoncillo en sus manos:

—¿Te has hecho daño? ¿No? ¿Seguro que estás bien? No te asustes, pequeñita. No hagas caso de los bramidos de ese bárbaro. ¡No puede hacerte nada! ¡Está bien atrapado!

Rayas volvió a trepar a las ramas del arce y depositó a la paloma con todo cuidado en su nido.

—Será mejor que no te aventures a intentar pruebas mientras tus padres no estén cerca de ti, amiguita.

—¡Con qué delicada ternura ha sabido consolar a la chiquilla! —comentaron dos viejos chorlitos que se columpiaban en las ramas más altas de un pino.

Y Rayas volvió a sentarse y continuó escribiendo en su cuaderno.

Cuando terminó, desenganchó la correa del zurrón de los cuernos del ciervo y esperó a que el animal se alejase dando saltos hasta desaparecer en la espesura. Luego, se echó el zurrón al hombro y descendió del árbol.

Le pareció que ya había viajado bastante y que había oído suficientes opiniones. Así que emprendió el camino de vuelta a casa.

4

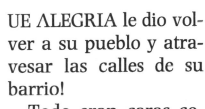

UE ALEGRIA le dio volver a su pueblo y atravesar las calles de su barrio!

Todo eran caras conocidas, y miradas curiosas en esas caras conocidas.

Y todavía no le había dado casi tiempo a cambiarse de zapatos y a lavarse las manos, cuando ya tenía la casa llena de amigos que venían a saber:

—Cuenta...

—Di...

—Explícanos...

—¿Qué has hecho?

—¿Dónde has estado?

—¿Qué has aprendido?

—¿Qué vas a hacer?

Y Rayas estuvo, de repente, seguro de que todos estaban realmente interesados por él y por su aventura, y se le puso el corazón calentito.

«Les importo, les importo de verda», se dijo. Y abrió su cuaderno para leerles las notas que había tomado durante el viaje:

—He atravesado el bosque, he cruzado el río, he caminado por el prado... Y he aprendido que soy pequeño, que soy un gigantón; que soy un perezoso, que soy muy trabajador; que soy muy veloz, que soy muy lento; que soy muy pesado, que soy muy ligero; que soy muy aburrido, que soy muy divertido; que estoy muy gordo, que estoy muy flacucho; que soy cortísimo, que soy muy largo; que soy muy blando, que soy muy duro; que soy una fiera rabiosa, que soy un tipo encantador; que soy muy cruel, que soy delicadamente tierno...

Todos los reunidos le miraban maravillados.

—¡Has aprendido cosas extraordinarias, muchacho! —dijo el abuelo Añil—. ¿Y ahora qué vas a hacer?

—Pues... ¿qué harías tú en mi lugar, tía Púrpura? —preguntó Rayas con un tonillo burlón y un poquito impertinente.

Y todos los ojos se volvieron interrogantes a tía Púrpura, que se puso toda ella del mismísimo color de su vestido.

—Bueno... quizás... la... la abuela Arco Iris... no... no... estaba... tan llena... de ideas... raras... raras como yo... como... yo... como nosotros... creíamos...

—Sí, seguramente la abuela Arco Iris tenía bastante razón —dijo ahora el abuelo Añil. Y volvió a preguntar—: ¿Qué vas a hacer, Rayas?

Y Rayas sonrió abiertamente:

—¡Creo que añadiré tres rayas más a mi traje!

Un Duende Negro Arrugado

1

AY DUENDES NEGROS, ¡vaya si los hay! Todos hemos tenido en ocasiones cerca de nosotros a alguno de estos duendes, y sabemos por experiencia que su compañía no resulta agradable ni mucho menos.

Un Duende Negro en las proximidades, y ¡brrr...!, seguro que sufrimos un mal rato: pasamos miedo, nos sentimos solos, estamos inquietos y tristes...

Claro que ya sabemos que ese mal rato no durará mucho, porque los Duendes Negros, como casi todos los demás duendes, no suelen detenerse mucho tiempo en el mismo sitio.

Nos visitan. Se divierten jugándonos una maliciosa mala pasada y, casi en seguida, se van lejos a seguir intranquilizando a otras gentes. Son así y lo mejor que se puede hacer es aceptarlos como son; soportarlos con paciencia y desear con toda el alma que se larguen lo más pronto posible.

Por supuesto que hay Duendes Negros y Duendes Negros. Unos son más desagradables y más pelmazos que otros, pero todos son igual de inquietos y se van pronto, especialmente si nos ven capaces de aguantar sus pesadas bromas con buen humor.

Y luego están los Duendes Negros Arrugados. Y éstos sí que son algo verdaderamente malo. Por fortuna hay muy pocos...

Un Duende Negro Arrugado es la más espantosa de las calamidades. ¡Traen la más terrible de las malas suertes...!

En realidad, ellos mismos son la pura mala suerte hecha duende.

¡Un verdadero desastre!

Ciertamente es estupendo que haya tan pocos Duendes Negros Arrugados...

Esta es la historia de uno de esos pocos.

Todo empezó una noche de primavera en que lucía en el cielo una espléndida luna llena.

La bruja Vitriopirola atravesaba el bosque en su escoba voladora camino de una reunión con otras brujas tan especialmente malvadas como ella. Llevaba puestas, por pura casualidad, sus gafas mágicas de fisgonear y descubrió el envoltorio en que se estaba formando un nuevo duende.

Se hallaba escondido, como todos los duendes en formación, en un lugar bien abrigado del bosque. Protegido del viento norte y de la lluvia bajo una enorme roca, y rodeado de helechos y de hongos que debían ocultarlo a las miradas indiscretas y curiosas.

Pero la bruja Vitriopirola miró hacia aquel lugar y, gracias a los cristales mágicos de sus gafas, lo vio. Su maligno corazón se regocijó al pensar en la malísima maldad que podía cometer allí mismo. Y decidió cometerla sin más tardar.

Descendió hasta el suelo. Detuvo su escoba junto a la enorme roca y se apeó de su vehículo volador.

—¡Je, je, je...! —se rió malignamente.

Se acercó al tierno embrión de duende y, llena de crueldad, le arrancó el suave envoltorio que le protegía.

Este envoltorio es como un edredón en forma de saco de dormir que protege a todos los pequeños duendes mientras se van desarrollando.

Es un envoltorio suave y calentito, mullido y perfumado. Está hecho de cariño, de sonrisas, de caricias, de amistad, de ternura, de picardía, de curiosidad, de cosquillas, de olor a pan tostado, de aroma de bollos calientes, de perfume de cáscara de limón, de color de rayos de sol en primavera, del suave vaho de la tierra húmeda de lluvia, de la fragancia de la hierba recién cortada, de ricos sabores dulces y ricos sabores salados, de rumor de agua de fuente, de burbujas de naranjada y de otras mil cosas agradables por el estilo.

Ya se comprenderá que crecer dentro de una envoltura así es algo extraordinariamente estupendo, y muy necesario para que un duende pueda llegar a ser la criatura maravillosa que todo el mundo espera que sea.

La perversa bruja Vitriopirola no

se contentó con desnudar el cuerpecillo, quitándole su envoltura; además, sacó de su faltriquera un frasquito de vidrio verde y derramó una pócima negra y maloliente sobre el duendecillo, y, al mismo tiempo, palabra tras palabra, recitó toda una horrible retahíla de horrendos conjuros.

El pequeño cuerpo desnudo tembló de frío y de miedo. Se encogió y se acurrucó sobre sí mismo. Luego, poco a poco, se fue volviendo de un color más y más oscuro, y se le marcaron profundas estrías allí donde la pócima de la bruja había resbalado sobre su tierna piel.

La bruja contempló satisfechísima el resultado de su obra.

—Esta noche sí que tengo una formidable historia que contar en nuestra reunión de aquelarre. Las otras se recomerán de envidia y se van a llevar un disgusto de muerte.

Seguro que ninguna de ellas ha tenido jamás ocasión de hacer nada tan perverso... Soy una bruja lista... ¡Je, je, je...! Soy una bruja muy lista y con mucha suerte...

La bruja lanzó tres espantosas y escalofriantes carcajadas. Luego, montó de nuevo en su escoba, agarró la envoltura por una punta y se alejó volando por los aires.

El búho, que había presenciado la escena desde la rama más alta de su roble favorito, se quedó helado de espanto y todas las plumas de la cabeza se le erizaron de pena y de compasión.

En cuanto la bruja desapareció, los helechos y los hongos se apresuraron a inclinarse sobre el desdichado duendecillo. No, no estaba muerto. Estaba solamente ennegrecido, tembloroso y deformado.

Las plantas se apretaron contra él para tratar de abrigarle y protegerle, pero claro, no era lo mismo. Unos helechos y unos hongos, por muy buena voluntad que pongan en su acción, resultan siempre fríos y húmedos y muy, muy diferentes de la envoltura que un duendecillo necesita para desarrollarse completamente bien.

El duendecillo sobrevivió a los malos tratos a que la bruja le había sometido, pero ya antes de que hubiera crecido lo suficiente como para poder ponerse en pie, se podía ver, sin ningún lugar a dudas, que el nuevo ser se había convertido, sin remedio, en un Duende Negro Arrugado.

El búho sobrevoló la comarca y llevó la terrible noticia a sus buenos amigos los duendes. Y todos sufrieron un tremendo disgusto y se llenaron de temor. ¡Hacía muchos siglos que en aquella región no ocurría una desgracia semejante!

—¿Qué podemos hacer? —preguntó tía Púrpura, preocupadísima.

—De momento, nada. Esperar y vigilar —le contestó el abuelo Añil.

El buen viejo quería aparentar serenidad para tranquilizar a los demás, aunque también él estaba muy intranquilo.

Y encargó al búho que volviera a su puesto de observación y que avisase de todo cuanto ocurriese.

El búho volvió a su roble y vigiló noche tras noche el diminuto bulto oscuro que iba aumentando de tamaño lentamente.

2

NA MAÑANA, entre la neblina del amanecer, pudo ver cómo el nuevo Duende Negro Arrugado empezaba a moverse: se estiraba, bostezaba, rodaba por el suelo y, por fin, trabajosamente, se incorporaba y se ponía en pie...

Las plantas que le rodeaban se enderezaron para dejarle más espacio y también para poder contemplarle mejor.

En cuanto se puso en pie, Arrugado abrió los ojos, frunció el entrecejo y lanzó una terrible, amenazadora y rencorosa mirada a su alrededor.

Los helechos y los hongos sintieron como un soplo helado al recibir aquella mirada y temblaron hasta las raíces.

El duende empezó a caminar. Al principio muy torpemente: se enredaba en sus propios pies, se balanceaba hacia los lados, parecía que iba a perder el equilibrio... Luego, fue ganando seguridad con la práctica y avanzó por el camino del bosque.

El búho, volando silenciosamente, como sólo las aves de su especie saben hacerlo, le siguió para observar su comportamiento. Y los más graves temores del sabio búho y de sus amigos los duendes se confirmaron.

Arrugado avanzaba por el senderillo, mirándolo todo con un aire tan ceñudo, tan rabioso, tan encorajinado, tan terriblemente amenazador... ¡Tenía un aspecto horrible! Se adivinaba fácilmente su intención de fastidiar, y de fastidiar nada más que por eso, por fastidiar...

Arrugado marchó un poco más por el senderillo del bosque y llegó al borde del lago. Allí se agazapó junto a la orilla para beber. Al hacerlo, se contempló en el agua sin querer. Y se vio tan feo, tan espantosamente feo, que dedicó a su propia imagen una horrible mueca.

El sapo, que croaba alegremente entre los juncos, le descubrió en aquel preciso momento y se llevó tal susto que saltó violentamente de costado. Fue a estrellarse contra el tronco de un sauce y se dio un tremendo golpazo en la cabeza que le hizo caer medio atontado entre las altas hierbas que crecían junto al agua.

Arrugado le vio caer y le miró furioso.

¡Aquel Duende Negro Arrugado ni siquiera se divertía fastidiando! Todo lo contrario, fastidiando se sentía fastidiado, y, al fastidiarse, se arrugaba y se ennegrecía cada vez más y se volvía más espantosamente feo.

Al búho le pareció comprender que aquél era un Duende Negro Arrugado de la peor especie. La verdad es que él no había visto antes a ningún otro duende de esta clase, pero temió que éste fuera el más negro y más arrugado que hubiera existido jamás. Y que su presencia atrajera sobre la comarca la mayor de las desgracias. Y le siguió observando lleno de la mayor preocupación.

Y vio que, bien escondido entre las ramas de un arbusto, estaba el nido de los mirlos. La mirla, que empollaba sus huevos, había oído el ruido del golpe que el sapo se había dado contra el sauce. Se asomó al borde del nido para tratar de averiguar qué había ocurrido.

—¿Qué te ha pasado, amigo sapo? Te has dado un golpe tremendo, ¿verdad?

El sapo, que estaba todavía bastante mareado, solamente tuvo fuerzas para señalar hacia el sitio en que estaba Arrugado.

—¡Huuuyyy...! —silbó la mirla espantada al verle.

Y se cayó de golpe, sentada sobre el nido, porque las patas le temblaron de pavor. ¡Plaf...! Dos huevos, de los cinco que incubaba la hembra, quedaron despachurrados.

—¡Ay, qué mala suerte! ¡¡¡Qué terrible y espantosa mala suerte!!! —se lamentó la desdichada mirla.

El sapo pensó lo mismo mientras se acariciaba con todo cuidado el chichón que empezaba a hinchársele en la frente.

Arrugado miró a los dos indignado y se alejó de allí gruñendo furiosamente. Y en el entrecejo se le marcó todavía una arruga más.

Por el camino del pueblo se oía el chirrido de las ruedas de una carreta. El tío Juan acarreaba una carga de leña y marchaba contento, canturreando entre dientes mientras guiaba sus bueyes.

De repente, y justo en el momento en que Arrugado pasaba cerca de la carreta, el chirrido de las ruedas cesó y un tremendo chasquido quebró el tranquilo silencio del bosque: el eje de las ruedas delanteras de la carreta se acababa de partir en dos.

—¡Pero cómo ha podido ocurrirme esto! ¡Si los dos ejes estaban nuevos...! ¡Si son de la mejor madera de roble...! —se desesperaba el tío Juan tirándose de los pelos.

Arrugado le dedicó una mirada feroz y continuó su camino.

Pasó cerca de la casita de la abuela Rosalía, que se ganaba la vida bordando manteles.

La pobre señora vio cómo, sin que

nadie la tocase, su caja de costura se volcaba. Hilos, botones, agujas, alfileres... todo el contenido se desparramó por el suelo.

El dedal rodó y rodó hasta deslizarse debajo de la cómoda y allí, en el rincón más oculto de la sala, se coló en el agujero del ratón y desapareció en las profundidades.

La abuela Rosalía recogió trabajosamente todos los enseres de costura, quejándose y resoplando cada poco porque ya era bastante mayor y le dolían la cintura y las rodillas a causa del reúma.

Cuando se dio cuenta de que le faltaba su querido dedal de plata se llevó un disgusto atroz. Lo buscó y lo rebuscó hasta que ya no pudo más. Y cuando ya estaba tan cansada que le faltaba el aliento, se sentó en su mecedora y rompió a llorar desconsoladamente.

—¡Mi dedal de plata! ¡Mi precioso

dedal de plata! ¡Ya no podré coser sin él! ¡Ningún bordado me saldrá tan bien como antes si no tengo ese dedal con el que he trabajado toda mi vida!

Y lloraba y lloraba sin poder contenerse.

Arrugado la miró lleno de rabia y siguió su camino.

Entró en el pueblo y pasó por delante de la pastelería.

Todos los bollos que estaban en el horno en ese momento empezaron a quemarse y un penetrante olor a chamusquina llenó la calle.

Julián, el pastelero, se apresuró a sacar las bandejas del horno: los bollos estaban convertidos en carbones.

La mujer del pastelero se quejaba.

—¿Qué ha podido pasar? ¡Si acabábamos de meter los bollos en el horno! ¡Jamás en los treinta años que llevamos de pasteleros nos había ocurrido nada semejante!

70

Arrugado torció la boca en un gesto de asco y se alejó calle adelante.

Se movía como una sombra entre la niebla de la mañana y nadie había podido verle todavía.

Se detuvo unos segundos ante el taller de Marta y Pedro, los tejedores. Le habían llamado la atención los brillantes colores de las madejas de lana recién teñidas y puestas a secar bajo el porche. Y en el mismo momento se oyeron los gritos asustados de Marta:

—¡Pedro, Pedro, mira lo que ha ocurrido! ¡Los hilos del telar se han enredado solos, sin que nadie los tocara! ¡Qué desastre! ¡Nos va a costar horas y horas de trabajo volver a colocarlos en orden para poder continuar el tejido!

Arrugado hizo un visaje monstruoso, y tres surcos más se le marcaron debajo de la boca.

Siguió caminando. Quería encontrar un buen sitio en el que instalarse. El pueblo no le había gustado nada. Deseaba un lugar tranquilo. Así que decidió seguir buscando.

Se dirigió hacia las afueras, al otro lado del pueblo.

Pasó cerca de la Escuela. Casi al mismo tiempo las minas de todos los lápices de la clase de la señorita Alicia se partieron.

—¡No podemos seguir haciendo las divisiones! ¡Nuestros lápices no tienen punta! —dijeron los niños, todos a la vez.

Y la profesora exclamó:

—¡Qué cosa más extraña! —pero no quiso que los niños se pusieran a sacar punta a sus lápices y decidió que dejasen las cuentas para el día siguiente y se dedicasen ahora a estudiar historia.

—¡Imbéciles! —exclamó Arrugado.

Y salió del pueblo.

Al otro lado del arroyo, sobre la colina, vio los tejados rojos de la granja. En seguida le pareció que aquél era un sitio que le iba a gustar y hacia allí se encaminó todo lo deprisa que sus rugosas y torcidas piernecillas se lo permitían.

Cruzó el huerto, atravesó el corral, pasó ante el establo, entró en el jardincillo, se coló en la cocina y luego, por la puerta de atrás, salió para ir hasta el otro lado del patio.

Alcanzó la escalera exterior y trepó hasta el henar.

Le agradó muchísimo aquel sitio lleno de heno seco y perfumado. Lo encontró cómodo, silencioso y acogedor. Se tumbó sobre la mullida hierba, lanzó un par de gruñidos enfurruñados y se quedó dormido.

Y en todo el recorrido que había hecho a través de los terrenos de la granja, fue dejando detrás un rastro de calamidades: en el huerto se cayeron al suelo un montón de manzanas que todavía no estaban maduras del todo. En el corral se abrió un boquete en la valla y varios pollos se escaparon, con gran alboroto de las gallinas madres, que no pudieron seguirles porque no cabían por el pequeño agujero. Los tres cubos de leche recién ordeñada que había en el establo se agriaron. Todas las margaritas que crecían en el jardincillo se troncharon. En la cocina, el azucarero saltó del vasar y se hizo mil pedazos al estrellarse contra el suelo...

Cuando Teresa y Jacobo, los granjeros, vieron los desastres que les estaban ocurriendo, comprendieron en seguida que aquello no eran solamente desgraciadas casualidades. Aquello era, con toda seguridad, algo más terrible. Así que llamaron a sus hijos, Catalina y Juan, y los cuatro juntos se fueron al pueblo para hablar con los otros vecinos.

Allí, casi todos tenían alguna calamidad que contar:

—A mi carreta se le ha...

—Pues yo he perdido mi...

—A nosotros se nos han enredado los...

—Toda la hornada de bollos se ha...

—En la Escuela los lápices se nos...

Hablaron y hablaron durante más de media mañana.

Los más ancianos trataron de recordar viejas historias y, al final, llegaron todos a una tristísima conclusión:

—Un Duende Negro Arrugado ha debido de pasar por el pueblo...

—¡Y eso no es lo peor! —se lamentó Teresa—. Lo más horrible de todo es que en nuestra granja no ha ocurrido una sola y única calamidad... ¡Los desastres se han sucedido unos detrás de otros...!

—Eso quiere decir que el Duende

Negro Arrugado se ha quedado a vivir con vosotros —se compadeció el abuelo Alberto, que tenía más de cien años y sabía de duendes casi todo lo que se puede saber.

—¿Y qué vamos a poder hacer para librarnos de esta desgracia?

—Nada. No se puede hacer nada.

Teresa escondió la cara en el delantal y sollozó ruidosamente. Jacobo le pasó el brazo por los hombros y trató inútilmente de consolarla. Juan apretó los puños y los dientes; deseó con todas sus fuerzas poder atrapar al duende aquel para darle una buena paliza.

Catalina se limitó a cerrar los ojos para poder pensar mejor... aunque la verdad es que, así, de pronto, no se le ocurrió ninguna buena idea.

—¡Algo se debería poder hacer! —estalló Juan, furioso.

—Nada, hijo, no se puede hacer nada —trató de apaciguarlo el abuelo Alberto—. Aguantar y esperar. Quizá el duende se canse de vuestra casa y...

—¿Y si no se cansa?

—Entonces aguantaremos en la casa mientras haya algo que comer —le dijo su padre—. Luego, reuniremos nuestras cosas y nos iremos lejos...

—¡Pero es nuestra casa! ¡Ese duende no puede...!

—Ahora nuestra casa es suya y puede disponer de ella como mejor guste.

—Si vosotros os vais de la granja, el Duende Negro Arrugado se mudará a cualquiera de las nuestras y entonces...

—Entonces, la historia volverá a empezar y otra familia se verá en la ruina —opinó el abuelo Alberto.

El miedo, un miedo terrible y angustioso se apoderó del corazón de todos los habitantes del pueblo. Cada uno temió por sí mismo y por su familia. Y como estaban llenos de terror a causa del Duende Negro Arrugado, que en cualquier momento podía hacerles daño, empezaron a odiarle con todas sus fuerzas.

Y el odio es algo verdaderamente dañino. No se ve, pero se siente de una manera profunda y poderosa. Y tan profundo y poderoso fue el odio que las gentes del pueblo dedicaron al duende que dormía en el henar, que Arrugado empezó a sentirse muy mal. Gemía y se retorcía en su sueño y se volvía cada vez más negro y más arrugado.

Y las gentes del pueblo seguían hablando:

—La región se despoblará.

—Solamente los duendes podrán habitar aquí.

—Los duendes son malos...

—Sí, son malos.

—Disfrutan haciéndonos daño.

—Eso es. Les gusta vernos desgraciados...

—Son criaturas malvadas que se divierten con nuestras desdichas...

Y los habitantes del pueblo, llenos de pavoroso recelo, se retiraron a sus casas, cerraron puertas y ventanas con llaves, cerrojos, pestillos y candados y se entregaron a sus más tristes y desconsolados pensamientos.

Los padres y las madres no hablaban y no trabajaban, los mozos y las mozas no cantaban y tampoco trabajaban, los niños y las niñas no jugaban y, a ratos, lloraban asustados al mirar las caras serias de los mayores.

Los duendes se enteraron en seguida de lo que estaba sucediendo, y, claro, no les gustó absolutamente nada.

El abuelo Añil convocó inmediatamente una reunión general extraordinaria.

En cuanto empezó a oscurecer, comenzó la asamblea.

—La situación es grave —explicó el abuelo Añil—. Hay que hacer algo y hay que hacerlo pronto. ¿Cómo vamos a poder seguir viviendo en las proximidades de unas gentes que nos odian?

—¡Nosotros no somos como los Duendes Negros Arrugados!

—¡Claro que no!, pero ahora, por culpa de este Arrugado, las gentes han empezado a tenernos miedo a nosotros.

—Y porque nos temen, nos odian.

—Nunca nos habían odiado antes los humanos.

—Es que nosotros nunca habíamos hecho nada que les hiciese sentir miedo de verdad. Ellos saben muy bien que lo que a nosotros nos gusta es jugar...

—Arrugado no juega, hace cosas horribles.

—¡Y ni siquiera se divierte con nada de lo que hace!

—Y por eso tampoco se pueden divertir nada los humanos con las faenas que les hace...

—Arrugado no hace bromas, comete maldades...

—Lo que él hace es completamente distinto de lo que nosotros hacemos.

—Cierto, completamente distinto.

—Y por su causa los humanos tienen ahora razón para temernos y odiarnos a nosotros...

—Hay que hacer algo.

—Sí, hay que hacer algo, pero ¿qué se puede hacer?

—Nada.

—No se puede hacer nada. Los Duendes Negros Arrugados son una desgracia para todo el mundo porque son una desgracia para ellos mismos. Son así y no hay nada que pueda hacerlos cambiar.

En este momento de la conversación, el búho, que había estado escuchando desde la rama baja de un nogal, creyó que le había llegado el momento de intervenir. Miró con toda la fijeza e intensidad de sus ojos redondos al abuelo Añil y tosió discretamente:

—¡Ejem, ejem, ejem...!

El anciano duende le comprendió perfectamente:

—Adelante, amigo búho. Dinos cuál es tu opinión sobre todo este asunto.

—Pues... ¡ejem! Veréis... habéis dicho que nada se puede hacer cuando un verdadero Duende Negro Arrugado aparece... Seguramente tenéis toda la razón al hablar así porque vosotros sabéis de eso mucho más que yo... Y, sin embargo, y aquí está el problema, se me ocurre pensar que quizás éste no sea un verdadero Duende Negro Arrugado... y si no lo es, en ese caso... quizá sí sea posible hacer algo... He pensado mucho sobre ello y he llegado a la conclusión de que estoy casi seguro de que sin la malvada intervención de la bruja Vitriopirola lo más probable es que ese duende hubiera llegado a ser un duende normal: un Duende Rojo, un Duende Verde, un Duende Azul, o hasta un Duende a Rayas...

Todos los duendes de la asamblea escuchaban llenos de atención las palabras del sabio búho.

—Es una teoría muy inteligente —murmuró el abuelo Añil.

—O sea que tú, amigo búho, opinas que es un Duende Negro Arrugado nada más que porque la bruja lo maltrató —quiso puntualizar Rayas, muy interesado por este detalle.

—Querido Rayas, yo lo único que me atrevo a sugerir es que es muy posible que, a causa de la malvada actuación de la bruja, el pobre duende haya resultado... lo que es... —quiso concretar el búho.

—La verdad es que no sabemos mucho acerca de por qué aparece de cuando en cuando un duende de esos... —volvió a hablar el abuelo Añil para él solo.

—No, no sabemos apenas nada sobre eso —confirmó tía Púrpura.

—Yo lo que digo —intervino Gris— es que es un duende muy jovencito. Apenas tiene un día de vida... Es muy posible que, después de todo, no fuera tan difícil librarnos de él.

—¡Eso! ¿Y si intentásemos entre todos hacer algo para obligarle a que se fuera? —se entusiasmó Rayas, siempre tan emprendedor.

—Nunca jamás se ha oído contar que un Duende Negro Arrugado hubiera podido ser obligado a salir de un lugar que le gustase —dijo tía

Púrpura moviendo la cabeza, llena de dudas.

—Bueno, tampoco hemos oído contar nunca que todos los duendes de una región se hubieran puesto a trabajar juntos para conseguir que un Arrugado se largase de un lugar, ¿no? —replicó Rayas.

—¡Claro, claro, eso es muy cierto! —asintieron varios duendes a la vez.

Y todos siguieron deliberando durante largo rato con las cabezas muy juntas. Hablaron y hablaron y hablaron; cada uno expuso las mejores ideas que se le iban ocurriendo. Y, poco antes de la medianoche, Rayas exclamó de pronto:

—¡Ya está! ¡Creo que ya lo tengo!

—¿Sabes ya lo que hay que hacer para librarnos de Arrugado?

—¿Para que se vaya de aquí y no vuelva jamás?

—Creo que tengo una idea mejor.

—¿Algo mejor que librarnos de él

y perderle de vista para siempre?
—preguntó tía Púrpura incrédula.

Rayas habló con sus amigos durante un largo rato. Les expuso sus planes, se discutieron los detalles, se distribuyeron las tareas y todos quedaron de acuerdo en el trabajo que le iba a corresponder a cada uno. Iban a hacer todos un esfuerzo duro y complicado, pero estaban seguros de que merecía la pena porque el resultado podía ser magnífico.

La asamblea de duendes se dispersó y cada uno de ellos marchó para hacerse cargo de la tarea que le había sido encomendada.

Rayas comprendió que debía reservar para sí mismo la misión más difícil y delicada, porque para eso la idea había sido suya.

Se llegó silenciosamente hasta los terrenos de la granja, atravesó el pequeño jardín, trepó ágilmente por el tronco de la parra y se introdujo en el dormitorio de Catalina, que dormía hacía ya rato.

Rayas se sentó sobre la almohada de la muchacha y durante la primera parte de la noche le transmitió sus planes, soplándole sobre la frente sueños alegres, claros y agradables.

Después, fue a echar una mano en el trabajo que Rojo y Gris estaban realizando en el eje delantero de la carreta que el tío Juan había tenido que dejar abandonada en el camino del bosque.

—¡Bien hecho, amigos!

—Pues ya verás cuando esté terminado. Va a quedar mucho mejor que cuando era nuevo. Este eje no volverá a partirse jamás...

—¡Lo estamos haciendo de hierro!

Rayas se pasó luego por casa de la abuela Rosalía.

Amarillo-Lila se afanaba, trabajando en equipo con el ratón que vivía bajo la cómoda, para rescatar el dedal de plata que se había hundido en las profundidades.

—Está bien que alguna vez juegues a encontrar cosas en vez de jugar a perderlas, ¿eh? —rió Rayas.

Y Amarillo-Lila, sin dejar de trabajar, se limitó a contestarle con un guiño amistoso.

Rayas se acercó a la pastelería.

Tía Púrpura trajinaba cerca del horno, y un delicioso olor a bollos calientes envolvía la casa entera y se esparcía calle adelante.

Rayas sonrió: tía Púrpura siempre había sido una verdadera especialista en repostería y esta noche estaba trabajando con un empeño especial.

Rayas espió a través de las ventanas del taller de Marta y Pedro. El Duende Morado y el Duende Pardo habían trabajado de firme para desenredar los hilos del telar. Ahora, Verde estaba tejiendo a toda veloci-

dad, con la misma rapidez y maestría con que hacía crecer hierbas y enredaderas. El resultado era el tapiz más bonito que se pueda imaginar.

Rayas hizo cuatro piruetas locas lleno de entusiasmo.

Y siguió su ronda de inspección.

Al pasar por la Escuela se dio cuenta de que allí no había nada que hacer porque la propia maestra se había preocupado de sacar punta de nuevo a todos los lápices de los niños.

Rayas se limitó a colocar en el respaldo de la silla de la maestra dos preciosas mariposas que encontró dormidas sobre las ramas de un tilo cercano.

Quería que, a la mañana siguiente, tan pronto como la maestra entrase en la Escuela, las mariposas volasen sobre su mesa. La señorita podría gozar de sus bellos colores. Eso le gustaría.

Cuando Rayas llegó a la granja, de vuelta de su gira por el pueblo, se quedó maravillado de lo que el abuelo Añil y su nieta Blanca habían conseguido hacer en tan poco tiempo.

Las manzanas caídas en el huerto habían sido recogidas y metidas en un saco en el que se había colgado un cartelito que decía: «Manzanas especialmente indicadas para preparar compota».

La valla del corral había sido reparada con todo cuidado.

Y Blanca, con ayuda del búho y de tres de las más veloces ardillas del bosque, había conseguido encontrar a los siete pollitos perdidos y se los había devuelto a las madres gallinas, que los acomodaron llenas de contento bajo sus alas.

La leche agriada había sido convenientemente tratada, escurrida y moldeada, de forma que ahora estaba convertida en toda una fila de apetitosos montoncitos de requesón.

En el jardincito, las margaritas tronchadas habían desaparecido y, en su lugar, se alzaban varias hileras de pequeñas matas de prímulas en flor, recién trasplantadas desde la parte más escondida del bosque.

Rayas se sentía tan feliz que le costaba un trabajo inmenso no empezar a dar saltos descomunales. Tenía unas ganas enormes de cantar a voz en cuello.

En vez de hacer eso, se deslizó, otra vez, hasta la almohada de Catalina. Y, por si acaso, volvió a soplarle en la frente, con todo cuidado, los pensamientos que deseaba transmitirle. Y, por último, le repitió tres veces: «El Duende Negro Arrugado está en el henar... El Duende Negro Arrugado está en el henar... El Duende Negro Arrugado está en el henar...»

Poco después de que amaneciera, Rayas, al igual que todos los demás duendes, estaba ya de vuelta en su casa. Se sentía cansadísimo, pero extraordinariamente contento. Necesitaba descansar, después del gran esfuerzo que había hecho durante la noche; además, ya no quedaba más que esperar con paciencia el resultado de tantos cuidados.

Así que se dio un baño calentito, se preparó un delicioso desayuno y después se metió en la cama. Se quedó dormido casi en seguida, pero antes tuvo tiempo de sonreír una vez más: Catalina le había parecido una muchacha muy lista y él estaba seguro de haberle transmitido el mensaje con toda claridad. Estaba convencido de que ella había comprendido perfectamente.

Rayas comenzó a respirar suave y acompasadamente. Empezaba a disfrutar de unos maravillosos sueños de cien colores distintos.

Y empezó el nuevo día.

Catalina se despertó muy pronto, contenta y llena de ganas de hacer mil cosas. Se lavó y se vistió en un periquete y bajó las escaleras de dos en dos.

Un gozo tibio y bullicioso le rebrincaba por dentro y no tenía más remedio que canturrear a media voz mientras se movía por la cocina.

—¡Hija! ¿Cómo es posible que tengas ganas de cantar con la desgracia tan grande que nos ha caído encima? —le reprochó su madre.

—Bueno, tampoco hay que exagerar. Nada de lo que ha ocurrido es tan malo.

—¿Ah, no? ¿Y qué me dices de las manzanas caídas, y de la verja rota, y de los pollos perdidos, y de las flores tronchadas? ¿Y qué me dices del azucarero hecho añicos?

—Era feo, madre.

—Era un regalo de boda y yo lo apreciaba mucho...

—Aunque fuera un regalo de boda y le tuvieras cariño, tendrás que reconocer, madre, que era feo. Si de veras ha sido el Duende Negro Arrugado el responsable de que se haya roto, yo te aseguro que le estoy muy agradecida. Tan agradecida que le voy a subir, hasta el último peldaño de la escalerilla del henar, un platito con galletas de nata. Quizás le gusten, ¿no crees?

—¿Cómo sabes que el duende está en el henar?

—¡Ah, pues no estoy segura, pero me parece que lo he visto en sueños...!

Y la muchacha no quiso decirle a su madre, así, de pronto, que sus sueños le habían llenado la cabeza, además, de algunas otras buenas ideas.

Luego, eligió cinco galletas bien doradas y las colocó sobre un platillo de porcelana. Abrió la puerta trasera y se encaminó a través del patio hacia el henar. Detrás de ella, su madre gritó indignada:

—¡Estás loca! ¡Mira que ofrecerle cosas ricas a ése...! Si no le gustan inventará alguna nueva maldad para atormentarnos, y si le gustan decidirá quedarse a vivir para siempre con nosotros...

Catalina subió las escalerillas del henar y colocó el platillo con cuidado en lugar bien visible sobre el último peldaño. Después se volvió hacia su madre y habló en voz alta:

—Estoy segura de que este duende nos ha traído buena suerte, madre, ya lo verás, y me agradaría que se quedase con nosotros mucho tiempo.

Arrugado la oyó hablar y se revolcó furioso entre el heno. Luego, cuando la muchacha hubo entrado de nuevo en la cocina, se acercó al platito, lo agarró lleno de rabia y lo lanzó al corral. Cayó sobre el gallo, que se llevó un susto terrible. Soltó un indignado ¡quiquiriquí...! y corrió a refugiarse detrás del tronco de una acacia.

El platillo no se rompió, pero las galletas saltaron por los aires y se quebraron en cientos y cientos de pedazos. Las gallinas y los pollitos se apresuraron a picotearlos. Tanta prisa se dieron, que hicieron desaparecer la última migaja en menos tiempo del que empleó el gallo en cantar pidiendo que le dejaran siquiera un pedacito para probar a qué sabían.

Catalina dijo a su madre:

—¿Lo ves? ¿No te lo había yo anunciado? Este duende nos trae suerte. El platillo ha caído desde allá arriba, pero ha sido guiado con tanto acierto que ha chocado contra el gallo y no se ha roto. Las gallinas y los pollos han aprovechado hasta la última migaja de las galletas. Seguro que mañana los pollos habrán crecido y estarán más gordos, y que las gallinas pondrán todas huevos más hermosos..., ¡esas galletas son muy alimenticias!

En aquel momento Jacobo y Juan entraron en la cocina:

—¡Alguien ha recogido las manzanas!

—¡La valla del corral está arreglada!

—¡Los siete pollos perdidos han vuelto!

—¡En la ventana del establo hay una bandeja con veinte porciones de requesón fresco!

—¡En el jardín hay flores nuevas!

Teresa solamente pudo poner la cara más incrédulamente asombrada que nadie pueda imaginar.

Catalina, en cambio, sonrió con suficiencia:

—Ya te había dicho yo, madre, que este duende nos traería suerte...

Creo que deberíamos hacer todo lo posible para que se encontrase a gusto entre nosotros... Mis galletas no le han agradado, al parecer; a lo mejor tú tienes más suerte si le ofreces un flan de esos tan ricos que sabes hacer.

Luego, la muchacha se echó su mantoncillo por los hombros y se fue a dar una vuelta por el pueblo.

A todos los que se cruzaron con ella los informó de que el Duende Negro Arrugado estaba en el henar de su casa y de que la familia estaba encantada de la buena suerte que les había proporcionado con su presencia.

Algunos no quisieron creerla del todo; pero otros muchos no tuvieron más remedio que estar completamente de acuerdo con ella.

—¡Es cierto! Ese duende trae buena suerte... El eje de mi carreta está magníficamente arreglado.

—Hazme caso, demuéstrale al duende tu agradecimiento. Llévale una jarra de tu mejor cerveza... —aconsejó Catalina.

—¡Sí que lo haré, ya lo creo! —prometió el tío Juan.

Catalina prosiguió su camino.

—¡Mi dedal de plata apareció sobre la mesa de la cocina! Si tu duende es goloso, ya puede contar con un tarro de mermelada de frambuesa.

—Seguro que le encantará.

Catalina siguió dialogando con los vecinos del pueblo:

—¡Yo le llevaré media docena de unos exquisitos bollos que encontré esta mañana sobre el tablero del obrador!

—¡Hemos encontrado terminado de una manera maravillosa el tapiz de nuestro telar! Tu duende tendrá una buena fuente de natillas con canela.

—En la Escuela volaban esta mañana dos mariposas bellísimas... ¡Seguro que es obra del duende! Tendrá pastelillos de crema como muestra de mi agradecimiento.

Arrugado, hecho un ovillo sobre la paja del henar, empezó a sentir que algo extraño le estaba ocurriendo.

Notaba que no podía apretar los dientes tan rabiosamente como antes, que no podía fruncir el entrecejo con tanta furia, ni mirar con la misma ferocidad.

—¿Qué me puede estar pasando? —rezongó.

Y es que la gratitud es algo maravilloso. No se ve, pero se siente de una manera profunda y poderosa. Y tan profunda y poderosa era la gratitud que las gentes del pueblo estaban empezando a experimentar hacia Arrugado, que el duende empezó a sentir que algo muy agradable comenzaba a circular por el interior de su arrugado cuerpecillo. Era casi como sentirse a gusto, por primera vez, dentro de su propia piel. Le parecía adivinar que la gente ya no le molestaba tanto y que él ya no le resultaba tan fastidioso a la gente.

Y en aquel preciso momento vio el flan que Teresa acababa de colocar sobre el peldaño superior de la escalera.

Arrugado trató de despreciarlo, pero el tufillo que le llegó a la nariz resultaba tan apetecible... que no tuvo más remedio que acercarse al plato ¡solamente para ver qué podía ser aquello! Luego, clavó un dedo en el flan ¡solamente para desbaratarlo! Lo malo, mejor dicho, lo bueno, fue que se chupó el dedo y ya fue incapaz de resistir la tentación de zamparse el flan en dos bocados: ¡estaba tan rico...!

Después, se volvió a su rincón y

se tumbó sobre el heno. Sentía todavía el regusto del dulce en la boca y una extraña sensación de calorcito en el estómago, y un poco más arriba, hacia la izquierda.

—¿Qué será esto que siento? —volvió a refunfuñar Arrugado.

Se hizo un ovillo sobre la mullida alfombra de heno y se quedó dormido de nuevo.

Y a lo largo de los días siguientes, cada vez que se despertaba, algo apetitoso le esperaba en la puerta del henar. Y siempre que se acercaba a la ventana que daba al corral podía oír un comentario amable:

—Es un duende encantador.

—¡Menuda suerte hemos tenido con su llegada!

—¡Ojalá decida quedarse con nosotros para siempre!

Arrugado comía pastelillos de nata y dormía. Escuchaba una frase amable, bebía cerveza y dormía. To-

maba una buena ración de mermelada de frambuesa, oía alegres risas
y dormía. Lamía un gran plato de
natillas, escuchaba una bonita can-
ción y dormía... El heno a su alrededor formaba un cobijo tibio, suave,
blando y perfumado.

Y un atardecer, Arrugado descubrió una cosa sorprendente.

Al principio casi no podía dar
crédito a lo que estaba viendo. Se
miró las piernas, se miró los brazos,
se miró las manos... No pudo mirar-
se la cara porque eso nadie puede
hacerlo sin la ayuda de un espejo.
Así que Arrugado decidió acercarse
al lago para poder contemplarse en
el agua.

Era ya noche cerrada cuando se
decidió a salir. No quería que nadie
se diese cuenta de que abandonaba
el henar.

La familia no le oyó moverse, pero
el búho, que no había dejado de

vigilarle ni un solo momento, le vio aparecer. Y tan pronto como tuvo completa certeza de la buena noticia, recorrió la comarca para llevar a todos el estupendo mensaje.

Arrugado llegó hasta la orilla del lago y se inclinó sobre el agua. Y en cuanto vio su imagen reflejada en la superficie, pudo comprobar el enorme cambio que se había producido en él..

La luz de la luna llena le iluminaba de pleno. ¡No cabía la menor duda! ¡¡¡Había dejado de ser un Duende Negro Arrugado!!!

Seguía siendo un Duende Negro, eso sí, pero ahora era un duende gordito y con la piel lisa, estirada y lustrosa.

Continuó mirando su imagen, maravillado, durante un largo rato...

Y antes de que hubiera pasado suficiente tiempo como para que se hubiera podido dar cuenta del todo de su nuevo aspecto, se vio rodeado de duendes. Duendes que le saludaban sonriendo amistosamente, llenos de alegría:

—¡Bienvenido, hermano!

—¡Nos sentimos muy felices con tu llegada!

—¡Estamos muy contentos de tenerte entre nosotros!

—¡Mirad, es como yo! Mucho más joven, claro, pero como yo —exclamó gozoso el Duende Negro.

Arrugado, es decir, el nuevo Duende Negro, descubrió otra nueva y agradable sensación, completamente desconocida para él hasta ese momento: los ojos se le entrecerraron y la boca se le estiró hacia los lados...

—¿Qué me pasa?

—¡Que estás empezando a sonreír, hermano! —le explicó Rayas—. Todavía lo haces muy mal porque no tienes práctica, claro; pero no te

preocupes, dentro de nada habrás aprendido a reírte estupendamente ¡y te vas a divertir mucho haciéndolo!

Los duendes se apretujaban alrededor del nuevo Duende Negro porque todos querían darle un fuerte abrazo de bienvenida. Hablaban todos al mismo tiempo y armaban tal algarabía de gritos y de risas que el abuelo Añil y tía Púrpura tuvieron que apartarse a un lado para poder entenderse.

—La idea de Rayas ha sido magnífica.

—Y todos han trabajado tan bien...

—¡Todos **hemos** trabajado bien! No te quedes fuera, tú también has contribuido en mucho a que esto haya salido tan estupendamente.

—¿Crees que todos los Duendes Negros Arrugados dejarían de serlo si se les aplicase el mismo tratamiento?

—Pues... es muy posible. Yo espero que no aparezca por aquí ningún otro de su especie, pero si apareciese...

—¡Oh, sí, desde luego! Si apareciese... —y tía Púrpura rió alegremente.

Su risa y la del abuelo Añil se confundieron con el coro de carcajadas de los duendes más jóvenes, que celebraban una divertida ocurrencia del más gracioso y disparatado de los duendes: Rayas.

EL BARCO DE VAPOR

SERIE AZUL (a partir de 7 años)